이야기 따위 잊어져 버려라

구병모 장편소설 | ZQ 그림

이야기 파워 잃어져 버려라

창비

차 례

이건 이야기란다.

네가 믿지 못할 이야기.

세상에 그런 일이 어디 있느냐고,

너라면 웃고 넘어갈 이야기.

그래서 애초에 없었던 것이

되고 마는 이야기.

조금 전까지 눈앞에서 소리 내며 살아 움직이던 이를, 보이지 않으며 질량도 없는 상태로 돌려놓아 수납했을 뿐인데, Q의 어깨에 멘 리버터가 공연히 묵직해졌다.

"로테와 루이제에 대해 확보 마쳤습니다. 이제 복귀합니다."

그때 다른 구역에서 수거를 마치고 돌아가는 길인지, D가 긴 감청색 머리카락을 휘날리며 지나쳐 갔다.

"수고. 먼저 간다."

"같이 가지? 나도 끝났는데."

"그랬으면 좋겠지만, 넌 아직인데?"

D가 턱으로 가리키는 곳을 내려다보니, 상황실의 호출을 알리는 불빛이 Q의 손목에서 깜박이고 있었다.

"아, 왜 또 나만 갖고…… 890번입니다. 말씀하십시오."

Q가 응답하기 바쁘게 지시가 떨어졌다. 도주 중인 잉게의 모습이 감시 영상에 잡혔으니, 전송 파일로 위치를 확인하고 포획 및 수거하라는 명령이었다.

"잉게는 또 누구냐고, 진짜. 초과 근무 수당은 주려나."

"같이 가 줄까?"

"됐어, 한 명인데 가뿐하겠지. 이따 술이나 해."

손 흔드는 D를 뒤로하고서, Q는 시스템에 전송되는 위치와 경로 예측 정보를 확인하며 바이크를 자동 주행 모드로 바꾸었다. 잉게에 대한 정보는 몇 페이지에 불과하여, 달려가는 동안 스캔하는 걸로 충분했다.

극소수에 속하는 몇몇 사람 외에는 누구도 책을 읽지 않은 지 오래다.

글자를 몰라서가 아니다. 99퍼센트의 사람들이 글자를 알고, 글자가 모여 이룬 낱말과 문장을 읽을 수 있으며 의미도 해독할 수 있다. 그러나 그 문장이 모여 이루는 행간의 진의까지 이해하고 싶어 하는 사람들은 점점 줄어들다가 사라지다시피 했다. 책을 읽지 않는 사람들과 몇 권만 읽은 사람들이 서로 자신의 말이 진리라고 싸우다가 책은 빛바래고 무용해졌다. 200여 년 전에 발간된 소설 가운데에는, 사람들은 몰래 책을 읽고 국가에서는 눈에 띄는 대로 책을 불태운다는 내용의 과학 소설도 있었다는데, 지금 현실을 보면 말 같지도 않은 이야기다.

이런 상태라면 도주한 인물들을 군이 수거하러 다니지 않아도 되는 거 아닌가? 웬만하면 그냥 자유롭게 풀어 주지, 뭘……. 명령대로 이행하면서도 Q는 그게 의문이었다.

그러나 Q를 포함하여 그와 같은 일을 하는 사서들은, 의문을 갖는 것 자체는 얼마든지 가능하나 그 의문을 밖으로 드러내서는 안 되었다. 이의를 제기해서는 안 되었다. 물론 지금은 이 일을 하는 이들뿐만 아니라 세상에 존재하는 거의 모든 이에게 비슷한 규정이 주어지고 있었다. 궁금해하지 말라, 토 달지 말라, 있는 그대로 접수하고 따르라.

어쩌면 Q가 지금 수거하러 가는 잉게와 같은 이들에게도, 수거를 집행할 때마다 들려주어야 할 말

이었다. 당신은 밖으로 나와서 돌아다녀서는 안
되는데 그 이유를 묻지 말 것이며…… 철컥 —**포
박**—당신을 원래 있던 자리로 돌려보낼 것인데
이에 저항하지 말 것이며…… 치링, 리버터가 대상
을 인식하고 작동한다…….

　일단 주어진 명분은 합리적이었다. 도주자들 가
운데에는 착하고 지혜로우며 무해한 이들도 없지
않았지만, 상당히 많은 수가 총이나 칼, 폭발물이
나 약물을 소지하고 있었다. 남들에게 사기 친 이
들, 남들을 시기하거나 배신하거나 비난하거나 곤
경에 빠뜨리는 이들은 차라리 귀여운 축에 속했다.
그러나 고리대금업을 하는 노인을 도끼로 살해한
자나, 개인 실험실에서 무허가로 조제한 약을 먹고
인격이 뒤바뀌는 자 같으면 사정이 달랐다. 심지어
얼굴과 몸을 누덕누덕 기운 피조물이 도시를 활보

하여 선량한 시민의 일상을 위협하게 둘 수는 없었다. 어쨌든 세상에 존재했던 이야기들은 그런 위험 인물들의 삶과 주장과…… 가끔은 파멸로, 드물게 아이러니한 구원으로 이루어져 있었다.

"저거네, 잉게."

다리 위를 달리다가 문득 까마득한 아래쪽 도로를 내려다보았을 때, 걷는지 뛰는지 거의 꼬물거리다시피 하는 정수리만 보고도 Q는 목표 대상이라는 사실을 알아차렸다. 안경테의 다이얼을 돌려서 한계치까지 확대해 보니 대상을 더욱 선명하게 확인할 수 있었다.

"수거 진행하겠습니다."

Q는 곧 방향을 틀고 속도를 높였다. 리버터가 충전과 최적화를 완료했다는 안내 음성을 출력했다.

잉게의 팔에 걸린 바구니가 걸어갈 때마다 좌우로 흔들렸다. 처음 주인 부부의 집에서 나올 때까지만 해도 흰 빵이 넘칠 듯 담겨 있었는데, 걸으면서 하나씩 먹고 어떤 건 숨차게 뛰면서 떨어뜨리고 하는 동안 이제는 다 사라지고 몇 개만 남아 있었다.

분명 휴가를 얻어 집에 돌아가던 참이었고, 집으로 가는 길을 따라 걸었을 뿐인데, 걷는 동안 주변 풍경이 어느새 바뀌었다. 마차는 한 대도 눈에 띄지 않았고 꽃과 나무로 가득해야 할 풀숲도 샘물도 늪지대도 간데없었다. 길바닥은 흙빛이 아닌 잿빛으로 가득했다. 주위에는 변변한 집 한 채 눈에 띄지 않았고, 그 대신 거대한 건물의 일부로 짐작되며 누구도 살지 않을 성싶은, 파손된 구조물들만

간혹 보였다. 지나가는 사람은 물론 다람쥐 한 마리도 없었다.

누구에게 도움을 청하지?

그때 이 세상 것이 아니라고 생각되는 굉음이 들려왔다. 그전에 어른들이 잉게를 꾸짖을 때 말하던 하느님의 진노가 이런 소리로 시작되지 않을까 싶었다. 잉게는 자기도 모르게 그 자리에 멈춰 서서 어깨를 움츠린 채, 눈을 감고 두 손가락으로 귀를 틀어막았다. 소리는 점점 가까이, 잉게를 덮칠 것처럼 다가왔다. 바람과 먼지가 사정없이 얼굴과 팔을 때리다가 소리가 제 앞에서 멎었음을 알아차리고서 잉게는 눈을 떴다.

길을 잘못 든 지 며칠 만에, 처음으로 보는 사람이었다.

사람이 괴물의 등 위에 올라타 있는 걸로 보아

그 소음은 괴물이 낸 모양이었다.

저런 걸 길들이다니 보통 사람이 아닌 것만은 분명했고, 그 괴물이 곧장 거대한 발톱으로 자신을 낚아채어 부숴 버리거나 잡아먹지는 않을 성싶었다.

잉게가 눈물을 흘리기 시작하자 그쪽이 당황했는지 괴물에서 내려와서는 물었다.

"괜찮습니까?"

잉게가 주저앉아 울음을 터뜨리자, 상대방은 악마의 솥뚜껑같이 생긴 모자를 벗고 다가왔다.

"아직 아무것도 안 했는데 왜 그러지요?"

아무것도 안 했다는 말뜻이 뭔지는 모르겠고, 아직이라고 하는 걸 보면 곧 대답과 반응 여하에 따라 공격을 하겠다는 뜻으로도 볼 수 있었지만, 잉게는 그 자리에 그대로 넘어져 잠들어 버린 까닭에 대답할 수 없었다.

Q는 감시 위성의 눈길이 세세하게 닿지 않는 폐건물에다 잠든 잉게를 뉘어 놓고 벽에 기대앉아 있었다. 조금 전부터 Q를 호출하는 신호가 손목에 두어 번 전해졌지만 응답하지 않았다. 본부에서는 Q 하나만 관리하지 않았으며 모두가 수백만이 넘는 도주자들을 추적하느라 바빴으므로, 몇 번 응답을 건너뛴다고 해서 바로 요주의 사서로 찍히지는 않을 것이었다.

　"이제 어쩌려고 그래?"

　부른 적 없지만 신경망이 서로 연결되어 있기라도 한 것처럼, 어느새 D가 폐건물에 들어섰다. 본부 숙소에 돌아가지 않고 그대로 따라온 모양이었다.

"여기는 어떻게 왔어?"

"이러고 있을 줄 알았다. 너 보통 이런 걸로 시간 끄니까. 왜 수거 집행을 안 했어? 이미 포획은 한 거나 다름없는데."

D가 보는 Q는 그랬다. 어차피 수거할 존재들인데 그들이 일방적으로 스스로를 변호하면서 문맥도 이상하고 전후 사정 알 바 아닌 온갖 소리로 떠들어 대는 말을, Q는 저승길 선물이나 사형수의 마지막 식사라도 되는 것처럼 일일이 다 들어 주었다. 그러느라 작업이 늦었고 다른 사서들보다 수거 실적이 낮았다.

"음…… 뭐라고 설명하기가 난감한데."

Q는 얼굴에 눈물 자국이 말라붙은 채 고르게 숨을 내쉬는 잉게의 얼굴을 내려다보았다.

"잠들어 버려서, 본인은 아무것도 모르는 상태로 리버터에 쑤셔 넣는 건 좀 아니다 싶어서."

D는 진절머리 난다는 듯이 고개를 저으면서도 Q의 말에 무성의하게 동의해 주기는 했다.

"이걸 계속하다 보면, 그렇지. 목표 대상이 사람이라는 착각도 들 만하지."

그러면서도 사서들이 할 일은 정해져 있으며 그 사실에 의문을 드러내서는 안 된다는 것 역시 D는 잘 알고 있었다.

"그런데 깨어난 다음에 차근차근 사정을 알려 주고 일을 진행하면, 그게 더 잔인하지 않나?"

지금 사서의 일은 하나였다. 책(이라고 한때 불렸던 것)을 찾아서 제자리에 돌려놓는 일.

오랜 옛날, 책이라는 물건이 일상적으로 존재했던 시절에는 사서가 전시회도 기획하고 도서관 이

용자들의 취향에 맞게 북 큐레이션도 해 주었다고 하지만, 그것은 일부 기록으로만 남아 있고 사실상 전설에 가까웠다.

그 시절에는 거대하고 웅장한 탑과 같은 도서관이 적지 않았던 데다, 내부는 건축가들이 아름답게 설계하여, 커다란 벌판에 수많은 책들이 나무처럼 심겨 있었다. 발길 닿는 어디나 책들이 질서 정연하게 우거져 있었다. 처음 방문하는 사람은 숲에서 길을 잃듯 자칫하면 그 안에서 헤매기 마련이었다.

그런 때 사서는 그 안에서 번호와 분야에 따라 정확하게 갈피를 짚어 주기도 했고, 그 반대로 이용자의 방황에 일조하기도 했다. 때로 어떤 방황은 뜻밖의 휴식을 선사하거나 더욱 아름다운 경치로 안내하기도

하므로. 도서관은 미술관을 비롯한 각종 박물관과
더불어, 그 안에서 길을 잃어도 상관없는 몇 안 되
는 공간이었다. 헤맴과 우연한 만남이 다음 세대의
학자를, 사업가를, 예술가를 태어나게도 하는 곳.

　지금 사서의 주요 임무는, 도서관 바깥의 세상
에 흩어진 콘텐츠 데이터를 수거하여 모든 것을 제
자리에 원만하게 되돌려 놓는 것이었다.

사람들이 책을 읽지 않는다고 해서, 세상에 단 한 권의 책도 출간되지 않는 것은 아니었다. 오히려 해를 거듭할수록 더 많은 책이 출간되고, 많음에 비례하여…… 대개는 그 많음을 감당하지 못하여 책들은 빠르게 자취를 감추었다. 절판이라는 이름으로.

　세상 모두가 자신의 이야기를 하고 싶어 했고 그것을 책으로 내고 싶어 했다. 책을 출간하고 나서 극히 일부는 그걸 널리 알려 파는 일에 성공하기도 했다. 예외 사례를 제외하고 대부분은 극소량을 인쇄한 초판본을 지인들끼리 돌려 보거나 서로의 책을 구입해 줌으로써 버려지는 종이를 최소화했다. 출간한 책을 간직하고 기념으로 삼았다. 책

의 주인이, 혹은 작가가 세상을 떠난 뒤에는 유족
이 거두어 살피지 않는 한 책도 사라졌다. 처음부
터 그런 책은 세상에 존재한 적 없었다는 것처럼.
간혹 카론●의 동전 한 닢처럼 고인의 관 안에 함께
들어가는 경우도 있었는데, 이 세상에서 책이 사라
진다는 점으로는 다를 바가 없었다.

글을 쓰고 책을 펴내는 행위가 사람들을 살게
했지만, 책을 읽고 싶어 하는 사람들은 점점 줄어
드는데 자신의 이야기를 내놓고 싶어 하는 사람들
은 넘쳐나서, 그들이 쓰고 발간한 책이 영속성을 얻
는 일은 많지 않았다. 저자 자신도 남들의 글을 두
루 읽고 공부하여 글쓰기를 계속하기보다는 추억
으로 박제하는 데 만족했다. 잘 찍은 사진의 색상
과 형태를 보정한 후 웹에 올려 자신을 최대한으로
드러내곤 머지않아 다시 들여다보지 않게 되듯이.

● 그리스 신화 속의 사신이자 저승의 강을 건너게 해 주는 뱃사공.
  카론에게 줄 뱃삯으로 죽은 자의 입에 동전을 물렸다고 한다.

그런 상태에서 책이 사라지는 데에 점점 가속도가 붙었고, 고전이라는 명분으로 그나마 가치를 보존하던 책들도 소멸…… 박멸 직전에 이르렀다. 예컨대 소멸과 박멸은 비슷한 뜻이라도 뉘앙스와 쓰임새가 서로 살짝 다르며 어떨 때는 순전히 감정의 문제에 좌우되어 쓰일 때도 있는데, 세상이 책 읽기를 기피하면서 그 미묘한 차이를 구분하지 못하는 이들이 늘어났다. 그런데도 세상에 태어나 다들 기초 교육을 받고 좋든 싫든 한 권 이상의 책은 읽었기에, 서로 자기가 읽은 게 옳다고 하는 싸움만 늘었다.

그럼에도 불구하고 사람들은 영화를, 연극을, 만화를, 그림을 보고 음악을 듣고 게임을 했다. 책은 스펙터클한 장면으로 사람들의 심박수를 끌어올리는 영화의 기초 자료가 됐다. 어떻든 읽을 줄은 알고 그나마 읽기를 덜 싫어하는 축에 속하는 사람들이 책을 읽고서, 읽기에 진저리를 내는 사람들을 위한 콘텐츠를 제작했다. 이때 다수의 제작자들은 이용자들이 지나치게 깊이 생각하거나 고민할 시간을 되도록 줄이는 방식의 연출을 택했는데, 읽는 행위가 필요로 하는 것이 바로 그런 충분한 시간이었다.

모호함 없이 이야기가 분명하게 전달되게 하기. 목적지까지 고속 도로를 뚫어 놓은 것처럼. 그리하여 빠른 속도로 수익을 내기. 책이란 그런 것들을 제작하는 데 참고하거나 그 이상으로 제작의 원천 소스가 될 것이었다. 그러므로 공들인 장정, 표지의 무늬나 요철, 가름끈, 낡은 종이 냄새 같은 것은 불필요했다. 그 안에 담긴 내용만 있으면 되었다. 콘텐츠라는 악보 위에는 단지 아름답기만 할 뿐인

꾸밈음 따위는 필요 없고, 감각 기관을 통해 이용자의 뇌에 즉각 때려 박을 수 있는 이야기의 질주, 명확하게 드러나는 주제 의식이면 충분했다.

그러는 동안 이미 소멸된 개개인의 저작물을 제외하고, 명작이나 고전으로 일컬어지는 책들과, 각 시대를 수놓았던 베스트셀러와, 희귀하다 못해 전설이 되기 직전의 책들이 모두 스캐닝 후 '콘텐츠 데이터'가 되었다. 세계 여러 국가의 창세 신화만 둘러본다 쳐도 그 데이터는 이루 말할 수 없이 방대하여, 한 사람이 죽을 때까지 각국 신화만 열람하더라도 다 볼 수 없었다. 신화와 민담, 전설을 비롯한 그 모든 무수한 데이터가 사라져서는 안 되었다. 그것들은 또 다른 콘텐츠의 기초가 되어, 하루가 멀다 하고 출시되었다가 그다음 주에는 잊히는 신규 콘텐츠의 생산에 복무할 귀중한 자료들이었다.

그렇게 모인 데이터가 새로운 시대의 도서관을 이루었다. 시민 누구나 상세 개인 정보를 제공하면 아이디와 패스워드를 발급받아 가상 공간에 접속할 수 있었으므로, 더 이상 누구도 도서관에 직접 가서 책을 찾지 않아도 되었다. 어차피 필요한 것은 콘텐츠뿐이라 일일이 손에 책을 쥐고 넘겨 볼 이유가 없었다. 동시 접속 이용자의 수는 무제한에 가깝게 풀어 두었지만, 콘텐츠를 제작하는 사람들이 주로 이용했기에 가상 공간 자체도 크게 북적이지는 않았다. 접근성이 떨어지는 마을에 '작은 도서관'이나 '마을 도서관' 혹은 '이동 도서관'이라는 이름으로 존재했던 도서관들이 통폐합되었다. 신분만 확실하다면 모두가 교통이나 거리에 상관없이 드나들 수 있는 새 시대의 도서관이었다.

　물질로서의 성격을 잃었으나 그 어떤 물질보다

도 견고하고 강력한 데이터가 모인 새 시대의 도서관은, 까다롭게 구축된 무단 복제 금지 기술을 적용하여 언제나처럼 평화롭게 운영되고 있었다.

어느 날 그 데이터가 풍비박산 나기 전까지는, 그랬다.

눈을 떴을 때 잉게는 파란 하늘과 울창한 숲이 아니고, 그렇다고 하여 전형적인 시골집의 흙벽과 나무판자도 아닌, 절반쯤 날아간 잿빛 건물의 천장을 보았다. 여기가 꿈이 아닌 현실이라는 걸 알려 주듯이, 자기를 내려다보는 두 사람의 얼굴이 시야 안으로 들어왔다.

그동안은 낮이고 밤이고 쉬지 않고 뜬눈으로 걸

었다. 먹으면서도 걸었고 어쩌면 자면서도 걸었다. 그럴 수밖에 없었다. 잉게가 아는 세상에서는 숲길에 잘못 들어섰다가 길을 잃고 거기서 영원히 빠져나오지 못하는 이들이 많았다. 모든 나무가 비슷하게 생겼으니까. 헤매는 이들은 요정이나 마녀가 데려가기도 하지만, 보통은 그러기 전에 하룻밤을 넘기지 못하고 늑대 밥이 된다고 했다.

그러나 이 숲은 나무 한 그루 눈에 띄지 않고, 끝없이 뻗은 회색 길과, 죽어 넘어지고 부서져 더는 움직이지 않는 온갖 괴물들뿐이어서, 잉게는 앞으로 나아가는 것 외에 할 수 있는 일이 없었다.

처음에는 움직임 없는 괴물들로 가득 찬 회색 지옥에서 벗어나기 위해 걸었고, 어두워졌을 때는 숲에서 으레 그러하듯이 어디선가 늑대나 곰이 나타날까 싶어 달빛에 의존하여 걸음을 재촉했다. 그러는 동안 사람을 닮은 누군가를 혹은 무언가를 만나기라도 한다면, 그것이 비록 아이를 잡아먹는 마녀라 해도 틀림없이 그 옷자락에 매달리게 되리라 예감하면서.

"이제 정신이 듭니까?"

그렇게 묻는 이는 아까 살아서 울부짖는 괴물을 타고 다니던 사람이었다. 세상에 태어나 단 한 번도 들어 본 적 없는 이상한 발음과 억양으로 이루어진 말이었는데, 신기하게도 잉게는 줄곧 그 말을 다 알아들을 수 있었다.

"아픈 데는 없습니까?"

잉게는 고개를 저었다.

"여기가 어딘지 알겠습니까?"

역시 이어서 고개를 젓자 Q는 씁쓸하게 미소 지었다.

"그런 걸 물어보아서 미안합니다. 실은 모르는 게 당연합니다. 그럼 당신이 누군지는 알고 있습니까?"

D가 못마땅한 얼굴을 하고 손사래를 쳤다.

"하지 말라고. 너 그거 진짜 규정 위반이야. 규정을 엄격하게 지키려면 사실은 말 한마디 섞어선 안 되는 거 몰라? 게다가 누구냐니, 자아가 발생할 위험이 있는 질문을 그렇게 함부로."

"네 말이 다 옳아, 하지만……."

하지만 우리는 사서인걸. Q는 뒷말을 삼켰다.

사서니까, 세상 모든 책의 내용을 훤히 꿸 수는 없더라도, 최소한 지금 눈앞에 있는 책의 개요 정도는 대략이나마 파악하게 마련이라고. 전송되거나 입력된 데이터를 빛의 속도로 일별하여, 그 데이터를 가장 적합한 디렉터리에 위치시키기 위해. 도서관의 새로운 이용자가 언제라도 혼란을 겪지 않고 자료를 찾아 참고하며 또 다른 콘텐츠를 만들수 있도록.

그러기 위해, 데이터를 가능한 한 안정 상태로 만드는 일이 어째서 규정 위반이라는 걸까? Q는 그런 의문을 품을 수 있었다. 어쨌든 명령을 따르기만 하면 되는 일이었다.

"저기…… 저는 잉게라고 하는데요."

일단 눈앞에서 사람들이 옥신각신하고 있으니 잉게는 조심스레 끼어들었다. 곰 사냥꾼인지 아이를 납치하는 마법사들인지는 아직 알 수 없었으나, 어쩌면 이 곤경에서 벗어날 실마리를 줄지도 모르는 이들이었다.

그 말을 듣고 D는 안색이 변해서 Q의 어깨를 밀었다.

"얘는 자아가 어느 정도 살아 있는 모양이네. 이제 난 모르겠다. 네가 알아서 해."

"저는 잉게인데, 그러면 안 되나요?"

잉게는 아무리 보아도 눈앞의 사람들이 당장 도움을 주지 않을 듯한 예감 정도는 들었고, 그들이 입은 옷이나 신발, 장갑이며 도끼로 추정되는 무언가가 담긴 가방, 낯선 장신구 같은 것들이 그 짐작에 확신을 얹어 주었지만, 그렇다고 해서 길을 떠난 뒤로 처음 만난 이들을 놓칠 수는 없었으므로 다급히 말했다.

Q는 몸을 일으킨 잉게 앞에 마주 앉았다.

"내가 갑자기 앞을 가로막아서 놀랐을 겁니다."

"어, 그러니까…… 조금 놀라긴 했지만, 길을 잃고 난 뒤로 사람을 본 게 처음이라서요."

"길을 잃기 전에 무엇을 하고 있었는지, 주위에는 뭐가 있었는지 말해 줄 수 있습니까?"

"정말 아무것도……. 다른 거 안 했어요. 제 기억이 맞는다면 말이지요. 그냥 주인아주머니께서 집에 한번 다녀오라고 하셨어요. 부엌일, 빨래, 청소, 그동안 열심히 했다고 휴가를 주셨어요. 그리고……."

잉게는 주위를 둘러보다가 문득 빵 한두 개만

남고 거의 비다시피 한 자기 바구니가 곁에 그대로
놓여 있는 것을 발견했다.

"한겨울의 흰 눈을 모아 빚은 것 같은 이 빵을
주셨어요. 부모님께 갖다 드리라고 하셨지요. 원래
바구니에 넘치도록 담아 주셨는데, 지금은 별로 없
지만요."

"빵은 다 어디로 갔습니까?"

빵의 행방이 무엇보다도 중요한 일이라는 듯이
Q는 물었다. 잉게는 그것이 무슨 상관인가 싶어서
좀 이상했지만, 일단 자기가 빵을 어떻게 했는지는
확실하게 기억하고 있으므로 대답했다.

"숲길이 펼쳐져야 하는데 자꾸 풀 한 포기 없는
이상한 길만 나오고, 그렇다고 지금까지 온 길을
뒤돌아보아도 똑같이 생긴 길만 있을 뿐이라 어디
로 돌아가야 할지 몰랐어요. 하는 수 없이 누구라

도 만날 때까지, 사람 사는 집이 한 채라도 보일 때
까지 이대로 걷자 마음먹었어요. 지쳐 쓰러질 것
같을 때면 바구니의 보자기를 들추고 빵을 하나씩
꺼내 먹었어요. 고이 갖고 있어 봤자 잘 구워진 밀
과 설탕이 좋은 냄새를 풍기면, 밤길에 늑대가 쫓
아올지도 모르잖아요. 그런데 워낙 살아 있는 게
안 보이다 보니까, 나중엔 차라리 늑대라도 만나는
게 낫겠다 싶어졌을 때 아저씨가 온 거예요."

"그렇게 된 거구나. 숲에 들어서기도 전에. 늪지
대를 건너기도 전에."

Q는 고민에 빠진 얼굴이 되었다.

"그래서 여기는 어디죠? 아저씨랑 아주머니는
누구세요?"

"우리 둘 다 아저씨도 아주머니도 아니거든."

D가 못마땅하다는 듯이 걸고넘어지는 것을 못 들은 척하고 Q는 대답했다.

"여기 있는 D와 나는 둘 다, 사서입니다."

"사서가 뭔데요?"

"우리가 누군지를 말하려면, 먼저 우리에게 일어난 일에 대해 이야기해야 합니다."

잉게는 사실 그들이 누군지는 물론이고 여기가 어딘지도, 궁금하기는 하나 그렇게까지 중요하지는 않았다. 지금은 여기를 떠나 집에 무사히 가는

게 먼저였고, 그러자면 그들의 이야기가 아무리 길

더라도 듣는 시늉은 해야 할 것 같았다. 잉게는 자

세를 바로 하고 앉았다.

　"당신을 만나기 전에, 나는 당신의 이야기를 전

해 받았습니다."

　"아저씨가 나를 알아요?"

"원래는 몰랐고, 정보를 통해 대강의 개요를 알게 됐습니다. 그 이야기의 제목은 『빵을 밟은 소녀』입니다."

"정보라니 그건 다 뭐예요? 나는 여기 있는데, 왜 내 이야기에, 누가 어떻게 제목을 붙여요?"

잉게는 기껏 성의 있게 들으려고 했는데 고작 미친 사람의 헛소리인가 싶어 절로 실망스러운 표정이 지어졌다.

"당신은 정보라는 말이 익숙하지 않은 시대에서 왔지요. 정보는, 뭐라고 할까요, 그냥 사람들 사이에 맴도는 소문보다는 최소한 손톱 한 개만큼은 믿을 만한 무언가라고 해 두는 게 좋겠습니다. 여하간 이야기대로 흘러가자면 잉게, 당신은 바구니 속의 빵을 먹지 않고 늪에 던져야 했습니다. 그리고 결코 빠져나올 수 없는 늪 속으로 깊이 잠긴 다음,

그길로 지옥에서 오랜 세월을 보내기로 되어 있었지요."

정신 나간 소리는 점차 정도가 심해졌다. 잉게는 곰 앞에서 죽은 척을 하는 게 이 이야기를 듣는 것보다는 차라리 쉽겠다는 생각마저 들었다.

데이터의 가장 큰 특징은 물론 무한 복제가 가능하다는 것이었고, 따라서 무단 복제와 변형 또한 쉬웠다. 그때까지도 책을 사랑하는 극소수의 희귀 인류 가운데 일부는, 이를 가리켜 극단적으로 말하기도 했다. 지금껏 세상에 존재하고 사라져 간 콘텐츠들은 그런 과거의 복제와 변형의 결과물에 지나지 않는다고.

　따라서 원본과 원본에 비교적 가까운 텍스트, 그리고 공인된 이본(異本)들이 훼손되지 않도록, 새로운 시대의 도서관은 이용자들에게 복제와 전송을 금지하고 열람만을 허용했다. 개인의 다운로드와 소유는 불가능한 대신, 언제든 도서관에 로그인해서 볼 수 있게 한다는 방침이었다.

원본 데이터의 파손에 대비하여 복제 도서관도 일종의 대피소 개념으로 만들어 두기는 했으나, 그 전까지 인류가 발간하고 증식시켜 온 모든 책의 데이터를 완전한 형식과 내용을 갖추어 사본까지 보관하기에는 서버와 용량에 한계가 있었다. 그리하여 역사적으로 중요성을 띠었다고 인정되는 고전과 시대별 베스트셀러 위주로 보관했다. 서버와 용량의 무조건적인 증설은 이루어지지 않았다. 도서관이란 수익이 나지 않는 공공사업으로 이윤 추구와 무관했으므로 예산을 책정할 때 언제나 가장 뒷전으로 밀려나곤 했다. 도서관의 보안은 가장 낮은 관리비를 부르는 외주 용역 업체에 맡겨져 한정된 인원과 역량으로 유지되었다.

　그러던 중 최초 서버가 다운되고 정보 전송의 흐름이 평소와 다른 패턴을 띠었을 때, 거기서 이상한 기운을 감지한 즉시 대응에 들어갈 수 있는 사람은 없었다. 수백 개의 명령어, 수만 페이지에 이르는 프롬프터가 화면을 가득 채우며 빠르게 넘어갔고, 데이터는 빠르게 오염 혹은 유실되었다. 대피소의 데이터까지 동시에 침식되는 걸로 보아 한두 명의 공격이 아닌 듯했다.

해커들의 정체와 규모, 목적, 요구 사항 가운데 어느 것도 알아낼 틈 없이 대부분의 데이터가 손상된 것까지는, 인류 문화유산 차원에서 비극적인 사건이지만 그럴 수도 있는 일이었다. 그래도 된다는 게 아니라 개연성의 측면에서. 해커들은 추적하여 잡아들이고 천천히 심문하면 될 일이었다. 공격 목적을 알아내는 일이 중요할 것 같았지만, 타인에게 큰 피해를 입히는 이들에게 목적을 물어보았자 대부분 재미로 그랬어요, 장난이었어요, 같은 대답이

나오게 마련이라 지금으로선 부질없었다. 그들을 심문한다고 하여 파손된 데이터가 복구되는 것도 아니었으므로. 어쩌면 해묵은 과거에 버려진, 다 바스러지고 곰팡이가 피어 원형을 알아보기 힘든 종이책들을 일일이 다시 찾아서 손대야 할지도 몰랐다.

그러나 정말로 이상한 일은 도서관의 데이터가 거의 다 손상되고 난 다음에 나타나기 시작했다.

아무리 복원 전문 소프트웨어를 돌려도 원래대로 돌아오지 않고 내용의 일부 혹은 대부분이 깨진 상태인 것까지는 역시 그럴 수 있었다. 기술력으로 해결되지 않는 심각한 오류는 어느 서버나 데이터에든 발생할 수 있었다. 그런데 기술로만 설명하기 어려운 문제가 생겼다.

조각난 데이터 안에서, 이야기 속의 인물들이

바깥으로 나와 돌아다니기 시작했다. 그럴 수 있었다. 애초에 세상 모든 데이터는 텍스트로만 담긴 것이 아니라 이미지, 소리, 촉감, 냄새 같은 것들도 포함되어 있었으므로. 그런데 그 데이터들이 만져지지 않는 홀로그램의 방식으로 떠도는 게 아니라, 질감과 양감을 갖고 살아 움직이며 소리를 내기 시작했다.

　장시간의 연구 분석과 토론 끝에, 물질이 되어버린 그것들을 다시 데이터로 변환하고 회수하여 원본 데이터에 결합하기 전까지는 각 이야기의 복구가 불가능하다는 데에 의견이 모였다. 설령 원본을 살려 내지 못하더라도, 사람이 사는 도시에 책 속의 인물과 동물 들이 돌아다니며 각지를 파손하는 걸 그대로 놔둘 수는 없었다. 그렇다고 군부대를 배치하여 그들을 일망타진하는 것은, 과거 유산

보존과 미래를 고려하면 좋은 선택이라고 보기 어려웠다.

데이터가 물질이 되었다면 역으로 물질을 데이터로 돌려놓는 일이 불가능할 리 없다는 생각으로 개발한 것은 기관총 크기의 리버터였다. 물질과 데이터를 상호 변환 가능하도록 개발하는 데에만 일 년 가까이 걸렸고, 그러는 동안 데이터 속의 수많은 주인공 혹은 엑스트라들이 도시를 점령해 나갔다. 사람들은 서둘러 이사를 떠났고 이곳은 유령 도시 비슷하게 변했다. 도시를 연결하는 교통편은 끊기고 도시 둘레로 장벽이 세워졌다.

장벽으로 인해 대부분의 인물들은 도시 경계 바깥으로는 나갈 수 없게 되었다. 가끔 하늘을 나는 존재들은 쉽게 눈에 띄었으므로 시 외곽의 정찰 부대에 의해 진압 생포되었다. 물에 사는 존재들은 장벽 안쪽의 강이나 연못에서 발견되어, 그들이 해수를 찾아 헤매다가 다 죽어 가기 직전 서둘러 데이터로 돌려놓았다.

그 외에는 도시 안에서 목적을 잃고 혼란에 빠져 적당한 빈집을 엄폐물로 삼으면서 방랑하는 인물들을 데이터로 다시 돌려놓아야 했다. 문제는 그 일을 할 수 있는 인력도, 리버터의 수도 한정되어 있다는 사실이었다.

여러 악조건 가운데 사서 정예 부대가 꾸려졌다. 사서들은 지시를 받은 대로 도시 곳곳에 흩어져 인물과 동물 그리고 괴물 들을 회수했다. 리버터를 조준하여 대상을 스캔하고, 평범한 물질로 보이나 생물 종으로서의 특성이 담겨 있지 않다는 점을 확인한 뒤에는 데이터로 바꾸어 장치에 저장했다. 일종의 흡수인 셈이었다. 그 과정에는 짧지 않은 시간이 걸리고, 인물들이 아무리 지치고 힘이 빠졌어도 마냥 가만히 있는 게 아니다 보니 그 자리에서 도주하거나 사서와 육탄전을 벌이기 때문에, 쉬운 일은 아니었다. 가끔 엑스트라에 해당하는 동물은 그대로 회수되지 못하고 죽기도 했다. 그 경우 원본 복구에 어느 정도 성공하더라도 원래의 이야기 속에서 그 동물은 삭제되었다. 애초에 아무리 비중이 크지 않았더라도 그런 이야기들의 이음매는 헐거워졌다.

Q는 시간이 걸리더라도 가능한 한 도주자들에게 이야기를 들려주었고 이 일의 당위성을 설명했으며 얌전히 책 속으로 돌아가 달라고 설득했다. 시간이 많이 걸리다 보니 데이터 회수 실적은 낮았지만, Q가 회수한 인물들은 큰 손상 없이 원래의 이야기로 되돌아갔다.

"그래서…… 내가 이야기의 주인공이라고요?"

잉게가 눈을 빛내며 물었다. 그전까지 자기가 중요한 사람이라고 인정받은 적이 없었다. 물론 지나가던 사람들이 돌아보며 고운 얼굴에 감탄하는 말을 한 적은 있었다. 그래도 험담을 더 많이 들었다. 주로 외모는 아름다운데 성격이 문제라는 말들이었다. 성품이 잔인하고, 신 앞에 겸손해도 모자랄 것을 콧대가 높아 교만하다고 말이다. 어른들은 도덕적이고 교훈적인 충고를 많이 했지만, 그건 다 어른들에게 순종하라는 압박을 좋은 말로 포장한 것에 불과했다.

그런데 주인공이라니!

……그러나 Q의 말을 들어 보면, 주인공이라고

꼭 좋은 자리는 아닌 모양이었다. 주인공이라는 말에 기분이 좋아지기가 무섭게 잉게는 불안해졌다.

"세상에는 여러 주인공이 있습니다. 강하고 선량하며 남들을 돕고 자신의 인생을 완성하는 주인공. 반대로 자신의 욕망만 채우던 끝에 파멸하는 사악한 주인공도 있고요. 파멸했지만 회개하여 구원받는 주인공도 있습니다. 거칠게 구분했지만 사실은 그 어느 쪽도 아니고 생각보다 복잡한 주인공들이, 아마도 더 많을 겁니다……. 살아 있는 인간이라면 보통 그러니까요."

"보통, 그래요? 아저씨를 포함해서요?"

"저는……."

Q는 D를 흘끔 돌아보면서 망설이는 듯한 미소를 띠었다.

"우리는 그다지, 아무 데도 속해 있지 않은 것

같습니다."

하긴 잉게로서도 그들이 어떤 사람인지는 별로 중요하지 않았다. 이 장면에서 빠져나갈 수 있도록 도와줄 사람들인지가 문제일 뿐이었다.

"그러면 저는 그중에서 뭐죠?"

"분류를 하는 게 의미가 있을지는 모르지만 굳이 따지자면 사후의 회개와 구원 쪽에 가깝습니다."

이건 또 뜻밖의 불행이었다. 잉게는 자기도 모르게 벌떡 일어났다. 여차하면 그 자리에 바구니 같은 건 내버려 두고 도망칠 준비를 해야 할지 몰랐다. 자기도 모르게 구두를 고쳐 신기라도 하는 듯 뒤꿈치에 힘이 들어갔다.

"왜? 내가 왜요? 내가 뭘 잘못했는데요?"

"저한테 물어보아도, 제가 작가가 아니라서 모릅니다. 하지만 전송받은 개요 정보에 따르면, 작가가 설계한 당신의 잘못은 대강 이렇습니다. 당신은 풍뎅이의 등에 핀을 꽂고 즐거워했고, 예쁜 얼굴을 자랑했고…… 이것만큼은 요즘 세상 기준에서는 뭐가 문제인지 모르겠군요. 남의 집에서 일하는 건 게으름 피우지 않고 열심히 했지만, 휴가를 받아 집으로 돌아가는 길에 예쁜 구두를 더럽히기가 싫어서 신이 주신 음식을 늪에 던져 버렸습니다. 그걸 밟고 건너려다 늪에 빠져서 지옥에 갔고, 거기서 온갖 고난을 겪은 뒤 훗날 다른 착한 소녀의 눈물과 기도에 감화를 받아 회개와 구원을……."

잉게는 두 팔을 내저으며 Q의 말을 가로막았다.

"잠깐만요. 말도 안 돼. 그건 내가 아니에요."

"저는 이야기대로 읊어 드리는 것뿐입니다."

"나는 주인아주머니가 선물로 주신 빵을 받아 나와서 어딘지도 모를 곳을 걷고 있었고, 늪도 못

보았어요. 빵은 버린 게 아니라 내가 조금씩 먹었고요. 사람들이 얼굴만 갖고 나를 칭찬한 건 사실이고, 그렇다고 해서 길 가는 사람 붙들고 내 얼굴을 자랑하거나 남들을 못생겼다고 깔보거나 그런 적은 없어요. 내 외모에 만족해서 자신감을 갖고 고개 들고 다니는 정도가 그렇게 잘못된 거예요?"

"그러니까 그건 저도 동감이고……."

"그래요, 풍뎅이. 내가 바느질 상자를 열어 놓았는데 거기에 풍뎅이 한 마리가 떨어져서 핀이 등을 관통했어요. 무섭고 징그러워서, 손대기도 겁나서 바느질 상자를 통째로 엎었어요. 도저히 손을 뻗어서 그 등에 박힌 핀을 뽑아 줄 생각까지는 들지 않았다고요. 그래도 죽어 가는 건 불쌍하니까 벌레를 앞으로 조금씩 밀어 주면서, 움직여라, 제발 움직여라, 초조하게 말했지요. 결국 못 움직이고 죽었

지만요. 그런데 창밖을 지나가던 이웃 사람이 그걸 보고 다른 이웃들에게 말하고 다녔고, 그러다가 제가 벌레에 핀을 꽂고 '돌아라, 돌아라' 박수라도 친 것처럼 말이 돌더군요. 풍뎅이를 구해 주지 않은 게 지옥에 떨어질 죄라는 말이에요?"

"글쎄요, 그건 제가 판단할 일이 아니고……."

"나는 아저씨 말을 듣고 얌전히 책 속으로 돌아가 책의 일부가 되어서, 내가 원한 적도 없는 그런 일들을 저지르고, 지옥에 가야 해요?"

잉게는 눈앞의 Q가 이 모든 일의 주범이라는 듯이, 하소연 반에 항의 반을 섞어 말하다가 점점 언성이 높아지더니 머지않아 폭발할 것처럼 보였다.

"난 전에 그 이야기 본 적 있어."

그때 뜻밖에도, 전혀 개입하지 않을 것 같던 D가 쓸쓸한 말투로 Q에게 한마디 건넸다.

"너는 이번에 데이터로 받아서 알았겠지만. 대충만 봤는데도 이야기가 좀 불만스럽긴 하더라. 결국은 착하게 살아라 겸손해라 나대지 마라 어른들 말씀에 복종해라 같은 고리타분한 설교를 할 뿐이잖아. 그것도 예쁜 여자아이 하나를 제물로 잡아서. 허영심에 찌들었다느니 그런 죄목을 덮어씌워 가면서. 요즘 세상에 살려 두어도 괜찮을까 싶은 생각이 들긴 하지. 단정하게 갈라붙여 놓은 가르마 같은 길을 제시하고서, 그리로만 가라고 아이들의 등을 떠미는 것 같은 이야기를 말이야."

그때 Q의 손목에 신호 불빛이 들어왔다. 폐건물 안에 들어와 있는 이들의 현황이 자세히 들여다보이지는 않지만 위치 확인만은 되는데, 그 자리에서 움직임이 없는 Q에게 데이터 수거를 독촉하는 내용이었다. 이 명령을 보고도 오 분 내로 움직임이 없을 시 현재의 위치로 병력을 지원하겠다는 추신도 함께였다. 병력은 언제나 턱없이 모자랐으므로 그런 경고는 대개 형식상의 전언이었지만, AI 부대라면 얘기가 좀 다를 것이었다.

Q는 지시를 무시하고 물었다.

"그러면 지금 당신이 원하는 건 뭔가요?"

"나는요, 그러니까."

태어남으로써 삶을 얻은 인간은 아니며, 비록 데이터라고는 하나 어린아이였다. 그런 아이에게, 곧 다가올 지옥행을 잠자코 받아들이라는 말은 처음부터 통할 리가 없었다.

"나는, 이야기가 정해 준 삶이 아니라 내 삶을 살고 싶어요."

"알겠습니다."

Q는 자리에서 일어나 천천히 잉게를 향해 리버

터를 조준했다. 간략한 얘기로는 듣긴 했지만 막상 실물로 보니 상상을 초월하는 괴물이라 잉게는 뒷걸음질했다.

"이대로 당신을 데이터 상태로 데리고 나가서, 이 도시의 바깥에 다시 물질로 풀어 주겠습니다."

그 말이 곧바로 이해되지는 않았지만 어쨌든 도와주겠다는 이야기로 들리고 그게 믿어지지 않아서 잉게는 잠시 말문이 막혔다.

"정말, 그게 돼요? 아니, 그래도 돼요?"

아까 한두 차례 고민하거나 망설이는 듯했던 Q의 얼굴에는 이제 사무적인 기색만 맴돌았다. 합리적인 분석과 결론에 따라 일을 처리할 뿐이라는 듯이. 이쪽이 본모습이고 그때는 잉게가 단순히 잘못 본 것 같았다.

"안 됩니다. 지금으로선 당신이 지옥에 들어가

지 않을 유일한 방법이고, 내 판단으로 그렇게 합니다. 그리고 여기 D의 판단도 덧붙여서."

Q가 엄지로 가리키자 D는 펄쩍 뛰었다.

"아, 나는 별다른 말 안 했거든."

"거기서부터는 혼자 가야 합니다. 어머니도 주인아주머니도 존재하지 않는 곳에서 어떻게든 스스로 살아 나가야 합니다. 어쩌면 책 속의 지옥보다 더 나쁜 일과 마주칠지도 모릅니다. 그래도 되겠습니까?"

혼자 모르는 세계에서 살아가기 대 지옥에서 영원히 고통받기, 선택지가 단 둘뿐이라면 무엇을 골라야 할까? Q의 손목에 불빛이 계속 들어오고 있었다. 그것이 어떤 신호인지 잉게로서는 알 길이 없었고, 한편으로는 Q가 들려준 이야기가 모두 거짓이고 자신의 이야기 속 운명이 지옥과는 무관할지도 몰랐지만, 망설일 시간이 그리 많이 주어지지 않았음을 직감했다.

"영문 모르고 지옥에 빠지는 것보단 나을 것 같아요."

"그러면 그 자리에서 움직이지 말고, 나를 믿으세요."

Q가 리버터의 작동 버튼을 누르자, 곧 물질을 데이터로 압축 변형할 준비가 되었다는 알림 메시지가 떴다.

잉게의 몸 위로, 태어나 처음 보는 영롱한 빛이 쏟아졌다. 그 빛에 눈이 멀 것 같아 잉게는 눈을 꼭 감았다.

"……후회 안 하는 거지?"

D의 말은 물음이라기보다는 확인에 가까웠다.

"한 편의 이야기가 영원히 없어지게 방치한다는 점에서는 사서 실격이지."

"네가 어떻게 될지는 알고 있는 거야?"

"그럼. 그래도 이 세상에서 그 이야기를 없애 버린 걸 잘못이라고 생각하지는 않아. 어차피 세상 누구도 찾아 읽지 않는다면, 있는 이야기도 없는 것과 크게 다를 바 없으니까."

Q의 손에서 조금 전, 한 편의 이야기가 죽었다. 이야기의 돌연사. 그러나 실상 세월이 흐르며 오래도록 괴사되어 왔을지도 모르는 이야기의 죽음과

함께, 한 사람이 막 태어난 참이었다.

　두 대의 바이크가 도시 경계 너머를 질주했다. D와 Q의 어깨에 멘 리버터가 묵직하게 덜컹거렸다. 거기에는 아직도, 제출해야 할 많은 데이터가 있었다.

열아홉 살의 잉게는 어느 날 손님에게 술잔과 과자를 내다가 깜짝 놀라서 얼굴을 들여다보았다. 수년 전 자신을 도시 경계 밖으로 탈출하도록 도와주었던 D가 앉아 있었다. 예전보다 초췌해진 얼굴에, 이상한 제복을 입고 있지 않아서 몰라볼 뻔했다.

"이게 어떻게 된 일이에요?"

"어, 너냐."

D는 한순간 실눈을 좀 더 크게 뜨는 듯했지만 표정은 전체적으로 심드렁해 보였다.

"오랜만이네."

"왜…… 왜 당신이 도시 바깥에 나와 있어요?"

"조용히 해라. 머리 울리니까. 너는 어떻게 지냈

냐?"

　D가 그렇게 말했을 때 잉게는 순간 할 말이 떠
오르지 않았다. 어떻게. 그 안에는 너무 많은 의미
가 담긴 바람에 무엇으로도 나타내어 말할 길이 없
었다. 어떻게 살았지?라는 것은 도대체 어떻게 이
런 식으로 살아갈 수 있지?라는 말도 포함할 수 있
었고, 나중에는 어떻게 죽는 게 좋을까?라는 의미
도 들어갔다.

　"우선 일자리를 찾고, 말을 배웠지요. 당신들이
하는 말은 다 알아들을 수 있고 나도 말할 수 있었
는데, 이상하게 바깥세상에 나왔더니 누구의 말도
알아듣지 못했고 내 말을 알아듣는 사람도 없었거
든요."

　"그래서 이런저런 가게를 전전했나 보네. 괴롭
히는 손님은?"

괴롭힌다는 말로는 충분치 않았다. 낯선 세계에 지인도 없이 버려진 잉게는 발길 닿는 곳마다 지옥을 보았다. 모두가 잉게를 수상하게 여기고 외면하거나 반대로 나쁘게 이용하려 했다. 쓰러져 죽기 전에 동정심 많은 사람들에게 구조를 받고 나서 여러 가정과 가게에서 일했다. 가끔 어떤 이들은 말이 서툴러도 심지어 말을 아예 못 하더라도 그 얼굴을 써서 일할 수 있다며, 자기 가게에 와서 춤을 배워 보라고 명함을 내밀기도 했다. 그런 때는 지나가던 전혀 모르는 아주머니들이 어린 여자아이를 꼬드기지 말라고 소리치곤, 마치 일행인 것처럼 잉게의 손을 잡아끌고 그 자리를 떠났다. 그들은 잉게에게 가족이 있는지 묻고, 저런 사람을 따라가면 안 된다고 경고했다.

좋은 사람들도 없지 않았지만 대부분은 무섭거

나 난폭했고, 잉게는 굶거나 다치거나 위험할 뻔했던 적이 여러 번이었다. 어쩌면 여기가 그 이야기라는 것의 연장선상에 있는 거라고, 사서라던 사람들 또한 자신을 지옥으로 보내기 위해 계획된 등장인물들 가운데 하나이고 자기는 지금 지옥에 와 있는 거라는 생각도 들곤 했다.

"왜 없겠어요. 하지만 어떤 수난이든 지옥보다는 낫겠지 하고 넘어가요. 나한테 중요한 건 사후 세계의 은총과 구원보다는 지금이니까요."

"그래, 그러면 됐어."

그러면 됐다니, 무언가 체념에 가깝게 들리는 말이었다. 그러고 보니 D의 잔이 거의 다 비어 갈 때까지 Q가 그 자리에 나타나지 않는 것도 이상했다.

"저기, 일행분은요?"

잉게가 두리번거리자 D는 잠깐 풀린 눈으로 허

공을 바라보며 골몰하는 듯했다.

"음? 누구?"

D는 그 전에 마신 술 때문인지 이미 좀 취한 상태로 보였는데, 뒤늦게 생각났다는 듯 고개를 끄덕였다.

"아…… 나 걔랑 특별히 파트너라거나 그런 거 아니었어."

"그런가요."

"나는 이렇게 탈주 신세지만, 그 녀석은 고지식하거든. 의문이 있더라도 원칙을 준수해. 그래서 자기 운명을 받아들이러 갔어."

"탈주요?"

D의 모습을 보면 그동안 문제가 있었으리라는 짐작은 갔지만 그게 어느 정도인지 상상할 수는 없어서, 잉게는 덜컥 겁이 났다.

"나 도와줘서 무슨 일 있었어요? 아니 그보다 무슨, 어떤 운명 말인데요?"

"아가씨도 이제 제 밥값을 버는 어른이 됐으니…… 자기 삶이 무엇 위에 세워졌는지 정도는 알아도 되겠지."

D는 앞에 놓인 잔을 비우고 주머니에서 구시대의 구겨진 지폐와 동전을 꺼내 식탁에 올려놓았다. 그리고 천천히 일어서서 잉게의 뺨 옆으로 고개를 숙였다.

"우리도 아가씨랑 같아."

얼어붙은 잉게의 귓가에 D의 목소리가 선고처럼 내려앉았다.

"우리도, 데이터였다고."

의무를 저버리고 명령에 불복한 Q는, 그 자신도 데이터로 돌아가는 처분을 받아들였단다. 사서들은 물질과 데이터의 상호 변환 연구 과정에서 거듭된 실험으로 태어난 이들이었지. Q를 처음 만났을 때 나쁜 사람처럼은 안 보였는데 왜 감정이 없어 보였을까, 난감한 문제 앞에서는 미소도 띠는 것 같고 고민도 하는 것 같았던 모습이 왜 일시적인 것에 불과했을까……. 나는 그 답을 비로소 어렴풋하게나마 짐작하게 된 거야.

　슬픈 일이지만, 그것이 Q의 완전한 죽음을 말하지는 않아. 다만 형태와 물질로서의 작용을 잃고 데이터로 영원히 살아남아, 오늘날 우리를 둘러싼 거대한 세상의 일부를 이루고 있을 뿐이지.

Q의 지시 불이행으로 인해 이 세상에서는 『빵을 밟은 소녀』라는 이야기가 영원히 사라져 버렸고, 음, 혹시 또 모르지, 그 이야기는 세상 어딘가의 제대로 된 서고가 아닌 낡은 지하실 창고에 쥐들이 갉아먹은 종이책들, 대책 없이 거대한 산으로 쌓인 폐지 속에 파묻혀 있을지도. 그러나 지금의 사람들은 시대도 다르고 문화도 정서도 다른 그 옛날의 이야기를 굳이 찾아내서 복원할 필요를 느끼지 않겠지. 사람들에게는 즐길 거리가 너무나 많으니까. 재미있는 콘텐츠가 무궁무진한데 뭐 하러 폐지 더미 한가운데를 들쑤시겠니. 그러니 언제까지고 원래의 이야기는 잊힐 거야. 나를 잊어 준다면 반가운 일이지.

　　중요한 것은, 그 옛날의 이야기는 사라졌을지 몰라도, 아니, 오히려 그 옛날의 이야기가 사라졌기에 비로소 나의 이야기는 시작될 수 있었다는 거란다. 볼품없고 평범하고 평생 남의 밑에서 수모를 당하며 반복 노동을 했을 뿐이지만, 그럼에도 불구하고 나의 이야기가. 누구의 조작도 없이, 회개와 구원이라는 얼굴을 하고 있으면서 그 실체는 낡은 설교에 동원되어 소모되고 마는 삶이 아닌, 내 의지로 내가 살아가는 이야기가.

안녕히, 안데르센 *Hans Christian Andersen*.

소설의
첫 만남
활용북

닫힌 마음을 여는
보살핌 세트

소설의 첫 만남
16-18
ISBN 978-89-364-5924-6(3권)

눈꺼풀

윤성희 소설 | 남수 그림 | 값 8,800원 | ISBN 978-89-364-5926-0

멈춘 시간을 깨우는 다정한 귓속말
머리맡에서 나를 붙잡아 주는 소중한 목소리들

'나'는 친구에게 바람을 맞고 혼자서 길을 헤매다가 불의의 사고를 당한다. 정신을 차려 보니 병실 침대에 누워 있다는 걸 깨닫는다. 병간호를 오는 아빠, 엄마, 누나에게서 여러 이야기를 들으며 소중했던 기억들을 떠올리는데…….

개를 보내다

표명희 소설 | 진소 그림 | 값 8,800원 | ISBN 978-89-364-5927-7

너의 시간이 멈췄으면 좋겠어
동생이자 친구였던, 나의 작은 개 이야기

갑작스럽게 진서네 집에 오게 된 유기견 진주. 가족들의 무관심 속에 아파트 베란다에서 쓸쓸히 지내던 진주에게 진서는 점점 마음이 쓰인다. 하지만 어느덧 열세 살이 된 개 진주는 건강하던 모습을 잃고 야위어 가는데…….

멍세핀

박유진 소설 | 안유진 그림 | 값 8,800원 | ISBN 978-89-364-5928-4

나의 아홉 번째 엄마, 멍을 지켜야 한다
"나는 조세핀을 멍세핀이라고 불렀다. 줄여서 멍."

외로운 아이 태영은 아홉 번째 보모로 온 조세핀에게 겨우 마음을 연다. 언제나 태영의 편을 들어 주는 건 엄마가 아닌 멍세핀. 그러던 어느 날 멍세핀이 쫓겨날 위기에 처한다. 태영은 멍세핀을 지킬 수 있을까?

눈꺼풀

윤성희

1. 주인공이 어떤 장소에서 어떤 인물과 만났는지를 생각하며 주인공에게 일어난 일과 주인공이 한 생각을 정리해 보자.

	주인공이 만난 인물	일어난 일
정자	할아버지	
버스 정류장	꼬마 아이	버스 충돌 사고가 일어남
응급실	아빠	
	엄마	
	할머니	
	누나	

2. 주인공은 버스에서 의자 비닐을 찢는 아이를 보고 한마디 하려 하지만, 우는 아이의 모습을 보고 아무 말도 하지 못한다. 이 일 이후 학교에 갈 때 주인공은 버스의 비닐이 찢어진 의자에만 계속 앉는다. 주인공이 어떤 심경으로 그 자리에 앉았을지 생각해 보자.

3. 몸이 아픈 누군가를 간호해 주어야 할 때, 무엇을 할 수 있을지 자유롭게 얘기해 보자.

- 친구에게 들은 재밌는 이야기를 해 준다.
- 화장실에 가다가 넘어지지 않도록 잘 부축해 준다.
- 싱싱한 과일을 깎아 준다.
-
-
-

개를 보내다

표명희

1. 유기견 진주를 받아들이는 진서네 가족이 어떤 태도 변화를 거쳤는지 정리해 보자.

진서	
아빠	
엄마	

2. 진서가 진주에게 마음을 열게 된 계기는 무엇이고, 둘에게 어떤 공통점이 있었는지 생각해 보자.

계기

공통점

3. 반려동물을 키웠던 경험이 있다면 동물을 보살피면서 느꼈던 점을 이야기해 보자. 반려동물을 키운 경험이 없다면, 만약 내가 동물을 데려온다면 어떤 준비가 필요할지 생각해 보자.

멍세핀

박유진

1. 각각의 등장인물이 멍세핀에 대해 어떤 생각을 가지고 있을지 유추하여 정리해 보자.

과거 ┊ 현재

태영

태영 엄마 　멍세핀　 동네 사람들

상담 선생님

2. 멍세핀은 색연필, 공책, 초콜릿, CD 등이 담긴 박스를 필리핀에 보낸다. 소중한 사람에게 택배를 보낼 수 있다면, 거기에 무엇을 담을지 구체적으로 적어 보자.

3. 작품에서는 멍세핀의 말이 진실이었는지 거짓이었는지 끝까지 밝혀지지 않는다. 필리핀으로 추방된 멍세핀이 태영에게 편지를 보낸다고 했을 때, 편지의 내용을 짐작해 보자. 단 멍세핀의 말이 진실이었을 경우와 거짓이었을 경우를 나누어 써 보자.

진실	거짓

칡

최영희 소설 | 김윤지 그림 | 값 8,800원 | ISBN 978-89-364-5929-1

**고립된 마을, 괴물 칡을 피해 탈출해야 한다!
덩굴 속에 감춰진 진실을 파헤치는 모험**

갑작스러운 주민 대피령으로 텅 빈 마을. 시훈이는 동생의
애착 담요를 가져오기 위해 다시 마을로 향한다. 입구를 지
키는 군인을 피해 마을에 들어간 시훈이는 온 마을을 뒤덮은
괴물 칡을 마주하는데…….

범수 가라사대

신여랑 소설 | 하루치 그림 | 값 8,800원 | ISBN 978-89-364-5930-7

**사색과 허세 사이, 아슬아슬 범수의 외출
군중 속의 고독이란 이런 것인가! 뼛속까지 고독하군**

이제 막 중2가 된 범수는 사색에 찬 산책을 하며 밀려오는
고독을 느낀다. 은근한 뿌듯함과 함께. 한편 변해 버린 범수
를 바라보는 엄마의 눈에는 범수의 행동이 그저 허세로만 보
이는데……. 어머니, 진정하십시오. 저는 중2병이 아닙니다!

아이 캔

임어진 소설 | 임지수 그림 | 값 8,800원 | ISBN 978-89-364-5931-4

**고마웠어, 캔. 나를 지켜 줘서
소년 룬과 구형 로봇 캔의 가슴 뭉클한 우정**

로봇과 함께 살아가는 미래 사회. 하지만 인간과 닮은 로봇
을 보는 시선이 곱지만은 않다. 불의의 사고로 엄마를 잃은
소년 룬은 캔에게 의지해 몸과 마음을 회복해 나간다. 그러
던 어느 날 룬은 피할 수 없는 결정을 내려야 하는데…….

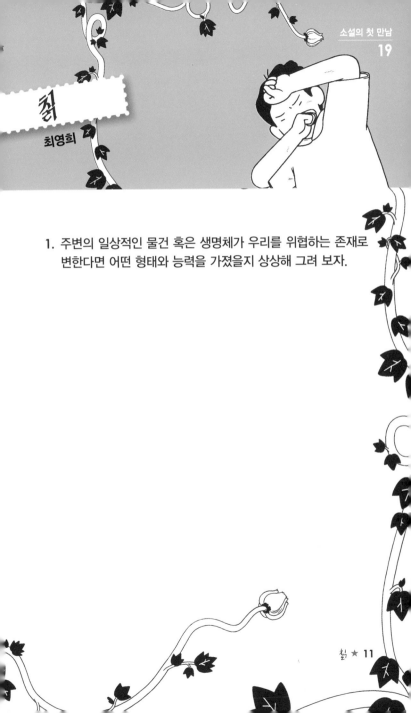

칩

최영희

1. 주변의 일상적인 물건 혹은 생명체가 우리를 위협하는 존재로
   변한다면 어떤 형태와 능력을 가졌을지 상상해 그려 보자.

2. 시아의 애착 담요 놈놈이처럼 자신에게 힘이 되어 주는 무언
가가 있는지 생각해 보고 이야기를 나눠 보자.

....

....

....

....

....

....

....

....

3. 시훈이가 상상한 묘비명처럼 자신이 어떻게 기억되길 바라
는지 생각하며 묘비명을 써 보자.

16세 한시훈.
동생 담요도 가져다주지 못하고 칡밭에서 죽다.

························ 묘비명 ························

....

12

범수 가라사대

신여랑

1. 이 작품에서 범수는 '사색'과 '산책'에 몰두한다. 범수처럼 주위의 시선을 신경 쓰지 않고 어떤 것에 몰두했던 경험이 있다면 이야기해 보자. 그리고 그 행동을 주위 사람들이 어떻게 받아들였는지 기억나는 대로 써 보자.

경험	주위의 반응

2. 범수는 늘 신고 다니던 운동화가 전족같이 느껴진다고 호소한다. 학교나 일상 속 규칙이 답답하게 다가온 경험이 있는지, 어떻게 개선되면 좋을지 적어 보자.

> "그러니까 어머니, 운동화가요, 전족 같다는 겁니다."
> "지금껏 잘만 신고 다니던 운동화가 왜 이제 와서 전족 같은데!"
> "아, 그야 알을 깨고 나왔다고 할까요. 저도 이제 그럴 나이가 됐잖습니까?"

3. 범수는 '빨간색 형광 쓰레빠'를 신고도 교문에서 선도부에게 걸리지 않는다. 만약 범수가 '빨간색 형광 쓰레빠' 때문에 학교에서 반성문을 쓰게 된다면, 범수의 입장에서 어떻게 적을지 생각해 보자.

아이 캔

임어진

1. 소설 속 로봇 캔의 모습을 참고하여 내가 생각하는 캔의 모습을 그려 보자.

> 캔은 조금 단순하고 친근한 쪽이었다. 인간의 신체와 이목구비를 똑같이 흉내 냈다기보다는 초기 로봇들의 특징대로 어딘가 애니메이션 캐릭터를 더 닮아 있었다. 피부와 눈동자의 움직임까지 진짜 사람에 가까워진 최신 안드로이드와는 비교가 안 됐다.

2. 캔은 인간의 감정을 읽고 반응하며 스스로 생각하고 대화를 나눌 수 있는 로봇이다. 나에게도 캔과 같은 로봇 친구가 있다면 함께 무엇을 하고 싶은지 자유롭게 이야기해 보자.

> (캔은) 나에 대해서라면 모르는 게 없었다. 내 성장 기록과 영상은 모두 캔에게 저장되어 있었다. 엄마는 뭔가 잘 기억나지 않으면 바로 캔을 불렀다. 캔은 엄마가 좋아하는 시인들의 시와 가수들의 곡은 모조리 저장하고 있었다. 엄마와 나는 캔이 모르는 신곡을 누가 더 많이 찾아내나 내기를 하기도 했다.
> 엄마가 바쁠 때면 나는 종일 캔과 지냈다. 같이 게임을 하고 자전거를 타고 간식을 만들어 먹고…….

3. 사람의 인권처럼 로봇의 권리를 인정하는 '로봇 보호법'을 제
   정한다고 했을 때, 아래와 같이 대한민국헌법 제2장의 조항
   들을 참고해 어떤 법안을 마련할 수 있을지 토의해 보자.

대한민국헌법 [시행 1988. 2. 25] [헌법 제10호, 1987. 10. 29., 전부개정]

제2장 국민의 권리와 의무
제10조
모든 국민은 인간으로서의 존엄과 가치를 가지며, 행복을 추구할 권리를 가진
다. 국가는 개인이 가지는 불가침의 기본적 인권을 확인하고 이를 보장할 의무
를 진다.

제11조
①모든 국민은 법 앞에 평등하다. 누구든지 성별·종교 또는 사회적 신분에 의
하여 정치적·경제적·사회적·문화적 생활의 모든 영역에 있어서 차별을 받지
아니한다.
②사회적 특수계급의 제도는 인정되지 아니하며, 어떠한 형태로도 이를 창설
할 수 없다.
③훈장등의 영전은 이를 받은 자에게만 효력이 있고, 어떠한 특권도 이에 따르
지 아니한다.

제12조
①모든 국민은 신체의 자유를 가진다. 누구든지 법률에 의하지 아니하고는 체
포·구속·압수·수색 또는 심문을 받지 아니하며, 법률과 적법한 절차에 의하지
아니하고는 처벌 · 보안처분 또는 강제노역을 받지 아니한다.
②모든 국민은 고문을 받지 아니하며, 형사상 자기에게 불리한 진술을 강요당
하지 아니한다.
③체포·구속·압수 또는 수색을 할 때에는 적법한 절차에 따라 검사의 신청에
의하여 법관이 발부한 영장을 제시하여야 한다. 다만, 현행범인 경우와 장기
3년 이상의 형에 해당하는 죄를 범하고 도피 또는 증거인멸의 염려가 있을 때
에는 사후에 영장을 청구할 수 있다.

로봇 보호법

제1조
①모든 로봇은 로봇으로서의 존엄과 가치를 가진다. 인간은 로봇이 가지는 불가침의 기본적 로봇권을 확인하고 이를 보장할 의무를 진다.
②모든 로봇은 인간과 같이 법률에 의하지 아니하고는 체포·구속·압수·수색 또는 심문을 받지 아니하며, 법률과 적법한 절차에 의하지 아니하고는 처벌·보안처분 또는 강제노역을 받지 아니한다.

제2조
①모든 로봇은 법 앞에 평등하다. 소유권을 가진 인간의 성별·종교·사회적 신분뿐만 아니라 로봇의 연식·제조처·기능과 종류 등에 의하여 정치적·경제적·사회적·문화적 생활의 모든 영역에 있어서 차별을 받지 아니한다.
②
③

제3조

제4조

엄마의 이름

권여선 소설 | 박재인 그림 | 값 8,800원 | ISBN 978-89-364-5948-2

있는 그대로 서로를 사랑하기로 결심한 엄마와 딸 이야기
작가 권여선의 첫 청소년소설

반희는 딸 채운을 아끼기에 딸이 자신을 닮지 않고, 다르게
살기를 바란다. 딸과도 거리를 두는 엄마 반희에게 내심 서
운했던 채운은 어느 날 함께 여행을 가자고 제안한다. 단둘
이 떠나는 첫 여행 동안 두 사람은 서로를 '엄마'와 '딸'이 아
닌 각자의 이름으로 부르기로 약속하는데…….

유리와 철의 계절

아말 엘모타르 소설 | 이수현 옮김 | 김유 그림 | 값 8,800원
ISBN 978-89-364-5949-9

넌 아무것도 잘못하지 않았어
서로를 구원하기 위해 다시 쓰는 사랑 이야기

태비사는 무쇠 구두를 신고 걸어야 하는 저주에 걸렸다. 아미
라는 유리 언덕 꼭대기에 앉아 꼼짝하지 못한다. 어느 날 유
리 언덕을 발견한 태비사는 비탈을 올라 아미라를 만난다. 마
법에 걸린 태비사와 아미라, 두 사람은 행복해질 수 있을까?

우리 미나리 좀 챙겨 주세요

듀나 소설 | 이현석 그림 | 값 8,800원 | ISBN 978-89-364-5950-5

기계와 인간의 경계에서
작가 듀나가 던지는 편견 없는 질문

해남고생물공원에는 타조 DNA를 기반으로 만든 생물학적
공룡 '미나리'가 산다. 25년 동안 아기로 살아온 메카 공룡
'소담이'는 그런 미나리에게 친구가 되어 준다. 미나리를 돌
보는 메카 인간 '현승아'는 어느 날 소담이와 미나리가 사라
진 것을 발견하는데…….

엄마의 이름

권여선

1. 나에게 소중한 사람의 이름에 어떤 의미가 담겨 있는지 알아
   보자. 내 이름은 누가, 어떤 뜻을 담아 지었는지도 함께 정리
   해 보자.

   ▶ 소중한 사람의 이름:

   ▶ 이름의 뜻:

   ▶ 내 이름을 지어 준 사람:

   ▶ 이름의 뜻:

2. 가족이나 친구와 여행을 떠날 수 있다면 누구와, 어디로 떠나
   고 싶은지 여행 계획을 세워 보자.

   예시 ▶ 함께 떠나고 싶은 사람: 할머니
   　　　 ▶ 가고 싶은 곳: 할머니 고향에 찾아가 할머니가 어린 시절
   　　　　　　　　　　　 즐겨 먹던 맛집에 찾아가 보고 싶다.

   ▶ 함께 떠나고 싶은 사람: ....

   ▶ 가고 싶은 곳: ....

20

3. 시대가 흐름에 따라 단어에 담긴 차별적인 의미나 부정적인 인식을 깨닫고, 새로운 표현으로 바꾸는 사례를 조사해 보자. 일상적으로 사용하는 표현 중 문제의식을 느낀 단어가 있다면 수정 방향을 친구들과 이야기해 보자.

예시　▶ 살색 → 살구색　　▶ 유모차 → 유아차

이전 표현	새로운 표현

4. 본문에서 엄마가 "쩔었어.", "빡세네."와 같은 신조어를 사용하는 모습을 통해 작가가 드러내고자 한 바가 무엇일지 생각해 보자.

엄마, 이번 여행 어땠어?

쩔었어.

채운이 기가 막힌 얼굴로 반희를 보았다.

좋았다는 뜻이지?

응.

뭐가 그렇게 쩔었어?

음, 내 딸을 좀 더 잘 알게 되고 이해하게 되었다고나 할까?

유리와 철의 계절

아말 엘모타르

1. 태비사와 아미라에게 걸린 마법은 무엇인지, 누가, 그리고 왜 그런 마법을 걸었는지 정리해 보고, 그 이유가 타당했는지 이야기해 보자.

	태비사	아미라
마법		
마법을 건 사람		
이유		

2. 아래 장면에서 아미라가 태비사에게 기러기 이야기를 꺼낸 이
유는 무엇일지 생각해 보자.

"당신은 왜 무쇠 구두를 신고 걷나요?"
태비사가 입을 떼지만 말을 잇지 못하고, 아미라는 그 말들이 태비사
의 입 안에서 찌르레기 떼처럼 넘실대는 모습이 보인다. 이마리는 화
제를 바꾸기로 한다.
"기러기가 머리 위로 날아갈 때 나는 소리 들어 봤나요? 흔히 아는 끼
룩끼룩 소리 말고, 날갯소리요. 기러기 날갯소리 들어 봤어요?"

3. 아래는 아말 엘모타르의 '작가의 말'이다. 밑줄 친 문장의 의미
에 대해 생각해 보면서 옛날이야기 하나를 골라 다시 쓰기를
해 보자.

이 이야기는 조카를 위해 썼습니다. 그 아이가 일곱 살 때 나보고 옛
날이야기를 하나 해 달라고 했는데, 머릿속에 떠오르는 이야기는 하
나같이 여자들이 서로에게 잔인하고 끔찍하게 구는 내용이 있더군
요. 그런 이야기 말고, 여자들이 서로를 사랑하고 서로를 구하는 이야
기를 해 주고 싶었기에 제가 하나 지어냈어요. 여러분도 그랬으면 합
니다. 우리 모두는 우리가 만든 이야기 속에 사니까요. 여러분이 서
로의 이야기를 알아보고, 각자가 이 세상에서 보고픈 이야기를 할 수
있도록 서로 도울 줄 알게 됐으면 좋겠습니다.

....

....

....

....

....

....

....

....

우리 미나리 좀 챙겨 주세요

듀나

1. 이 작품에는 메카와 생물이 공존하는 사회가 등장한다. 각 캐릭터들이 어떤 존재인지 O, X로 표시하고, X라면 문장을 맞게 고쳐 아래에 써 보자.

차마린은 생물학적 인간이다 〔　　〕

메카 현승아의 모델은 인간 현승아다 〔　　〕

아니스 혜는 인간 DNA를 구현해 다시 만든 생물이다 〔　　〕

파랑이는 인간형 메카다 〔　　〕

노랑이는 공룡형 메카다 〔　　〕

파티마 혜는 아니스 혜의 생물학적 가족이다 〔　　〕

최한림은 생물학적 인간이나,
사고로 몸 일부를 메카로 바꾸었다 〔　　〕

미나리는 메카 공룡이다 〔　　〕

....

....

2. 아래 대사에서, 밑줄 친 '프로그램'은 작품에 등장하는 남자아이들에게 적용된 것이다. 아니스 혜를 공격하게 만든 이 프로그램이 구체적으로 어떤 존재를 미워하게 만드는지 유추하여 적어 보자.

> "프로그램은 멀쩡합니다. 원래 저런 놈들로 만들어 전시 중이었으니까요. 하지만 이번에 박물관 보안 프로그램을 손보는 동안 뭔가 잘못된 것 같습니다. 어쩌다 보니 저것들이 바깥으로 나왔고 그 뒤에도 <u>프로그램</u>에 따라 행동한 거예요."

....

....

....

3. 해남에는 메카 익룡이 경찰 드론 대신 날아다니고, 메카 부경고사우르스가 해안 안전 요원으로 근무한다. 해남과 해남고생물공원에 있을 만한 다른 존재들을 상상하여 그리고 그림에 설명을 덧붙여 보자.

하트의 탄생

정이현 소설 | 불키드 그림 | 값 10,000원 | ISBN 978-89-364-3103-7

그날 내 안에 파란 하트가 태어났다
엄마 아빠는 모르는 진짜 나의 모습

열다섯 살 주민이는 자신의 모습이 항상 불만이다. 화려한 SNS 인플루언서인 엄마의 눈에는 주민이의 성적도 외모도 한없이 부족한 것만 같다. 서러운 마음에 올린 영상이 갑자기 화제에 오르고, 사람들은 영상에 언급된 인플루언서 엄마의 정체를 추적하는데…….

카이의 선택

최상희 소설 | 손채은 그림 | 값 10,000원 | ISBN 978-89-364-3104-4

"열일곱 살 생일의 과제. 나는 선택해야 한다."
차별과 편견에 맞서 자기 삶을 찾아가는 눈부신 여정

'카이'는 특별한 능력을 갖고 태어난 존재들이다. 죽음을 예측하는 능력, 타인의 마음을 읽는 능력 등 카이들의 능력은 다양하다. 3초 후 미래를 보는 카이인 마하는 그 능력 때문에 친구들에게 따돌림당한다. 그런 마하에게 '선택'을 해야 하는 열일곱 살 생일이 다가오는데…….

커튼콜

조우리 소설 | 공공 그림 | 값 10,000원 | ISBN 978-89-364-3105-1

연극이 끝나도 우리의 이야기는 끝나지 않아
용감한 발걸음으로 만들어 나가는 나만의 커튼콜

"왜 그래, 루나야. 무슨 고민 있어?" 학교 창작 연극에서 '루나' 역을 맡은 중학생 은비는 긴장으로 대사를 잊어버리고, '아리에트' 역을 맡은 윤서가 대본에 없는 대사를 급하게 내뱉는다. 연기에 재미를 느끼며 누구보다 잘 해내고 싶은 마음이 가득한 은비. 하지만 실수를 연발하는 스스로의 모습에 실망하여 자신에게 재능이 없다고 자책하는데…….

하트의 탄생

정이현

1. 다음 문장이 소설의 내용과 일치하는지 O, X로 표시해 보자.

주민이 엄마의 인스타그램 아이디는 '블루하트'다. …… [   ]

주민이는 액체 괴물 영상을 올리는
유튜브 채널을 가지고 있다. …………………………… [   ]

주민이 아빠는 엄마와 함께 사업을 한다. ……………… [   ]

네티즌들은 주민이의 아이디를 검색하여
주민이의 신상 정보를 알아냈다. …………………… [   ]

주민이 엄마는 인스타그램 계정에 해명 글을 올렸다. … [   ]

주민이 아빠는 가족의 화해를 위해
가족사진 찍기를 제안했다. …………………………… [   ]

2. 주민이가 올린 영상은 인터넷 커뮤니티로 퍼져 나가 많은 사람들의 주목을 받게 된다. 최근의 사건 중 비슷한 경우가 있었는지 생각해 보고, 이런 현상의 장점과 단점에 대해 토론해 보자.

장점	단점
– 예시) 많은 사람들의 지식으로 문제를 해결할 실마리를 얻을 수 있다.	–
–	–
–	–

3. 마지막 장면에서 주민이는 자신의 마음을 밝히는 글을 쓰기로 다짐한다. 주민이가 어떤 글을 올렸을지 상상해서 써 보자.

....

....

....

....

....

....

카이의 선택

최상희

1. 만약 카이처럼 능력을 얻게 된다면 어떤 능력을 갖고 싶은지
   그 이유와 함께 적어 보자.

   ▶ 갖고 싶은 능력:

   ▶ 이유:

2. 아래 장면에서 나기가 말한 '몽글몽글하고 폭신폭신한 마음'은 무엇일지 생각해 보자.

"그런데 말이야. 수술 전에 이상하게 망설였어. 좀 더 읽어 보고 싶더라고. 몽글몽글하고 폭신폭신한 마음 같은 거 말이야. 수술받고 나면 못 읽게 되잖아. 하지만 결국 수술을 선택했지. 오랫동안 그 선택 말고 다른 건 생각지도 않았으니까. 그런데 참 이상해."

....

....

....

3. 작품 속 카이들은 평범한 사람들과 다르다는 이유로 차별받는다. 우리 사회에서 다르다는 이유로 차별받는 사례들을 찾아본 뒤 이야기해 보자.

....

....

....

....

....

....

커튼콜
조우리

1. 소설 속 '은비'는 연기를 하고 싶어 한다. 나에게도 그런 것이
   있는지 생각해 보고, 있다면 계기를 적어 보자. 없다면 가장
   최근 재미를 느낀 것이 무엇인지 적어 보자.

하고 싶은 것과 그 계기

은비	예) 저는 연기를 하고 싶습니다. 연기를 시작하게 된 건 우연한 계기로 「사슴벌레의 사랑」이라는 드라마의 아역배우를 하게 되어서입니다. 그 당시에는 연기를 왜 해야 하는지 알 수 없었지만, 최근에 예전 모습을 영상으로 찾아보며 '그때 더 잘할 수 있었을 텐데.'라고 생각하기 시작했습니다. 학교 연극인 「숲을 빠져나가는 다섯 가지 방법」에서 소품팀 보조로 나뭇잎을 흔드는 역할을 맡았을 때, 잠시였지만 무대에 올랐다는 게 가슴 벅찼습니다.
나	

2. 소설의 마지막 장면에서, 인물들이 무슨 대화를 나눴을지 상상
   하여 대사와 지문 형태로 써 보자.

> 그때, 은비와 윤서, 혜원과 지민은 교장 선생님의 도장이 찍힌 예술고
> 등학교 지원서를 들고 복도를 나란히 걷고 있었다. 곧 「파도」의 앵콜
> 공연이 예정되어 있었다. '아리에트'역에는 윤서가, 그리고 주인공 '루
> 나'역에는 은비가 그대로 캐스팅된 채. (본문 72면)

....

....

....

....

....

....

....

....

....

....

....

3. 은비는 「파도」에서 루나 역을 맡아 연기한다. 은비와 루나가 가진 상황과 행동을 각각 비교해 보고, 공통점을 찾아보자.

	은비	루나
상황	학교 창작 연극 「파도」의 주인공 '루나' 역을 맡았다. 「파도」의 주인공 오디션과 무대에서 계속 실수를 한다.	
행동		아리에트의 만류에도 불구하고 바다로 나가자고 끝없이 설득한다. 아리에트에게 직접 만든 서프보드를 주며 용기를 북돋는다.
공통점		

이야기 따위 없어져 버려라

구병모 소설 | ZQ 그림 | 값 10,000원 | ISBN 978-89-364-3115-0

**책 속에서 길을 잃기도,
또다른 길을 찾기도 하는 우리**

종이 책이 사라지고 모든 이야기가 전산화되어 보관되는 세계, 알 수 없는 이유로 도서관의 데이터에서 벗어나 거리를 헤매는 인물들이 있다. 사서 Q는 어느 이야기에서 탈출한 잉게를 잡기 위해 파견되고, 진짜 잉게의 삶을 듣게 되는데…….

봄의 목소리

남유하 소설 | 조예빈 그림 | 값 10,000원 | ISBN 978-89-364-3116-7

**내가 가장 좋아하는 목소리를 가진 아이가 나타났다
그 아이를 좋아하지 않을 수 있을까?**

인공지능 프로그램으로 취향에 맞는 목소리를 만들어 내고 대화할 수 있는 세상. 자신이 만든 음성에 '봄'이라는 이름을 붙여 준 소이는 어느 날 봄과 똑같은 목소리의 아이를 만나고, 마음이 설레기 시작한다. 그런데 봄과 달리 진짜 친구를 사귀는 일은 왜 이렇게 어려운 걸까?

노을 건너기

천선란 소설 | 리툰 그림 | 값 10,000원 | ISBN 978-89-364-3117-4

**가장 외로웠던 시절의 나를 만나러 간다
나의 뿌리이자 상처, 그것을 끝끝내 사랑하기 위하여**

우주 비행사 공효는 자신의 무의식 세계로 들어가 어린 '나'와 동행하는 자아 안정 훈련을 시작한다. 붉은 노을이 펼쳐진 배경 속, 어린 공효를 만난 어른 공효는 잊고 있던 상처들을 떠올리는데……. 공효는 광막한 우주에서 자신을 괴롭힐 과거와 화해하고 이 노을을 건널 수 있을까?

이야기 따위 없어져 버려라

구병모

1. 아래 단어의 뜻풀이로 알맞은 것을 찾아 이어 보자.

원본 ●

● 원본을 그대로 베낌. 또는 베낀 책이나 서류.

이본 ●

● 여러 차례 간행된 책에서 맨 처음 간행된 책.

사본 ●

● 오랫동안 많은 사람에게 널리 읽히고 모범이 될 만한 문학이나 예술 작품.

고전 ●

● 문학 작품 따위에서 기본적인 내용은 같으면서도 부분적으로 차이가 있는 책.

2. 소설에 등장한 '새로운 시대의 도서관'에 대해 상상해 보고, 현재의 도서관과 어떤 차이가 있는지 적어 보자.

	현재의 도서관	새로운 시대의 도서관
보관하는 것	책	데이터
목적		
형태		
사서가 하는 일		
내가 생각하는 장점		
내가 생각하는 아쉬운 점		

3. 다음은 작품 속에서 '콘텐츠'의 특성을 묘사한 부분이다. 내가
즐기고 있는 콘텐츠는 어떤 것이 있는지, 그 콘텐츠에는 어떤
특징이 있는지 이야기해 보자.

> 모호함 없이 이야기가 분명하게 전달되게 하기. 목적지까지 고속 도로를
> 뚫어 놓은 것처럼. 그리하여 빠른 속도로 수익을 내기. 책이란 그런 것들
> 을 제작하는 데 참고하거나 그 이상으로 제작의 원천 소스가 될 것이었
> 다. 그러므로 공들인 장정, 표지의 무늬나 요철, 가름끈, 낡은 종이 냄새
> 같은 것은 불필요했다. 그 안에 담긴 내용만 있으면 되었다. 콘텐츠라는
> 악보 위에는 단지 아름답기만 할 뿐인 꾸밈음 따위는 필요 없고, 감각 기
> 관을 통해 이용자의 뇌에 즉각 때려 박을 수 있는 이야기의 질주, 명확하
> 게 드러나는 주제 의식이면 충분했다.

내가 즐기는 콘텐츠: ···

특징: ··

···

···

···

···

···

···

···

봄의 목소리

남유하

1. 다음 문장이 소설의 내용과 일치하는지 O, X로 표시해 보자.

VOM은 'Voice Of Mine'을 줄인 말이다. ····················· [   ]

소이의 고모는 머리 스타일을 자주 바꾼다. ················· [   ]

VOM으로 만든 목소리는 실제 목소리와
성문까지 똑같을 수 있다. ························· [   ]

여름이 부르는 노래의 가사에 포유류가
등장한 적은 없다. ························· [   ]

봄은 소이에게 새로운 친구가 생겼다는 사실을 ··········· [   ]
알고 있었다.

봄이 사라지고 새로 등장한 인공지능의 이름은 ··········· [   ]
'바다'다.

2. VOM 프로그램을 사용할 수 있다면 만들고 싶은 목소리를 그 이유와 함께 적어 보자.

▶ 만들고 싶은 목소리:

▶ 이유:

3. 결말에서 봄은 스스로 사라지는 선택을 한다. 어떤 이유로 봄이 소이를 떠나야겠다고 결심했을지 구체적으로 생각해 보자.

"아니, 아니야. 가지 마."

항상 널 응원할게.

"안 돼. 난 아직 마음의 준비가 안 됐다고! 넌 내가 원하는 대로 해야 하잖아?"

물론 난 네가 원하는 대로 해야 해. 하지만 너를 위한 게 우선이야.

. . . .

. . . .

. . . .

. . . .

. . . .

. . . .

. . . .

. . . .

. . . .

노을 건너기

천선란

1. 소설 속 공효는 자신의 어린 시절 기억을 재구성해 낸 가상공간으로 들어간다. 나의 과거를 활용한 가상공간이 만들어진다면 어떤 모습일지 설명해 보자.

> 그곳은 공효가 초등학생 시절 살았던 아파트였다. 두 집이 비상계단을 사이에 끼고 현관을 마주한 구조였다. 서향의 아파트 복도에는 저녁이 되면 창살을 통해 절단된 붉은 노을이 두 집 사이에 액자처럼 걸렸다. (……) 창밖으로 진눈깨비가 흩날리는데도 지상에서는 매미 울음이 들려왔다.

....

....

....

....

....

....

....

2. 어른이 된 공효는 어린 공효와 어른 공효의 차이점을 잘 알고
있다. 다채로운 상황 속에서, 두 공효의 반응을 구별해 보자.

상황	어린 공효	어른 공효
화가 날 때		
두려운 것(거미)을 봤을 때		
외로울 때		

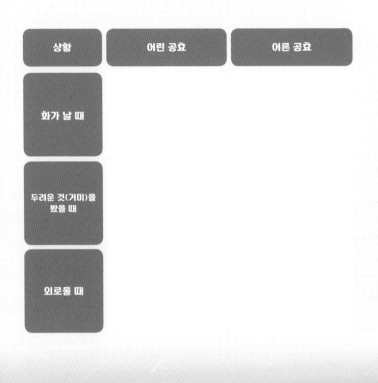

3. 두 공효가 서로에게 한 말을 참고하여, 지금보다 어린 나, 지금
보다 어른인 나에게 해 주고 싶은 말을 생각해 보자.

어린 공효가
어른 공효에게

"나는 네가 보는 시선의 처음이고, 네가 느끼는 감정의 중심이고, 네가 선택하는 모든 순간의 기준이야."

"나는 너를 좋아해, 공효야. 시간이 오래 걸렸지만 너를 너무 좋아한단다."

어른 공효가
어린 공효에게

어린 OO(이)가
어른 OO에게

어른 OO(이)가
어린 OO에게

44

라면은 멋있다
공선옥 소설 | 김정윤 그림 | 값 8,800원 | ISBN 978-89-364-5855-3

"가난하면 사랑도 못 하나요?"
작가 공선옥이 들려주는 풋풋한 사랑 이야기

어려운 가정 형편을 속이고 연주를 사귀는 민수. 민수는 연주에게 멋진 생일 선물을 사 주기 위해 편의점 아르바이트를 시작하는데……. 라면만 먹어도 진심이 있다면 사랑은 멋지다!

내가 그린 히말라야시다 그림
성석제 소설 | 교은 그림 | 값 8,800원 | ISBN 978-89-364-5856-0

소년을 스쳐 간 운명의 장난
작가 성석제가 들려주는 선택에 관한 이야기

어린 시절 미술보다 축구를 좋아했던 백선규는 자라서 유명한 화가가 되었다. 하지만 그에게는 아무한테도 말하지 못한 비밀이 하나 있는데……. 선택과 인생의 부조리함을 진지한 필치로 그려낸 성장소설. ★중2 교과서 수록작

꿈을 지키는 카메라
김중미 소설 | 이지희 그림 | 값 8,800원 | ISBN 978-89-364-5857-7

힘보다 희망으로,
평화로 이기는 법

아람이는 재개발을 앞둔 시장의 모습을 카메라에 담는다. 어려움에 처한 이웃에게서 눈을 떼지 않으리라 다짐하며 아람이의 카메라는 오늘도 찰칵, 희망의 소리를 낸다.

소설의 첫 만남
04-06
ISBN 978-89-364-5973-4(3권)

문학이 낯선 아이들을 위한
마중물 세트

옥수수 뺑소니

박상기 소설 | 정원 그림 | 값 8,800원 | ISBN 978-89-364-5858-4

두 번의 교통사고!
진짜 뺑소니범은 누구일까?

현성이는 두 번의 교통사고를 당한 뒤 상황에 떠밀려서 거짓말을 하게 된다. 한번 시작한 거짓말은 풀 수 없는 매듭처럼 점점 엉켜 가는데……. 진실을 밝히는 용기에 관한 이야기.

림 로드

배미주 소설 | 김세희 그림 | 값 8,800원 | ISBN 978-89-364-5859-1

아이돌이 된 내 친구
우린 이제 영영 멀어지는 거니?

아기 때부터 친구였던 지오가 가수로 데뷔한 뒤 현영은 외로움에 휩싸인다. 현영은 방학을 맞아 미국에 있는 이모할머니 댁에 가지만, 좀처럼 지오 생각이 잊히지 않는다. 열여섯 살 마음을 물들인 첫사랑 이야기.

푸른파 피망

배명훈 소설 | 국민지 그림 | 값 8,800원 | ISBN 978-89-364-5860-7

다양한 이들이 모여 사는 푸른파 행성
청소년의 힘으로 일구어 낸 색다른 평화 이야기

저마다 다른 행성에서 이주해 온 사람들이 조화롭게 살던 푸른파 행성에 갑작스레 전쟁의 기운이 감돈다. 식자재 배급에도 차질이 생겨 한쪽에는 고기만, 다른 쪽에는 야채만 배달되는데……. 푸른파 행성은 다시 평화를 찾을 수 있을까?

누군가의 마음

김민령 소설 | 파이 그림 | 값 8,800원 | ISBN 978-89-364-5861-4

**알 듯 말 듯 엇갈려 온 우리 사이
언젠가는 닿을 수 있을까?**

눈에 띄지 않던 아이 강메리가 같은 반 남자아이들에게 차례로 고백하면서 교실 안이 술렁인다. 이제 고백을 듣지 못한 아이는 단 두 명뿐. 강메리, 너의 마음은 어떤 거니?

미식 예찬

최양선 소설 | 시호 그림 | 값 8,800원 | ISBN 978-89-364-5863-8

**비엔나소시지가 입 안에서 뽀드득!
내 사랑은 이토록 맛있게 시작되었다**

이른 사춘기를 걱정하는 엄마 때문에 유기농 음식만 먹어야 하는 지수. 그래도 예찬이와 함께라면 점심시간이 행복하다. 지수는 용기를 내 예찬이에게 고백하지만 대답을 듣지 못하는데……. "예찬아, 넌 내가 싫은 거니?"

칼자국

김애란 소설 | 정수지 그림 | 값 8,800원 | ISBN 978-89-364-5876-8

긴 세월 칼과 도마를 놓지 않은
어머니에 대한 기억

20여 년 동안 국숫집을 하며 '나'를 키운 어머니의 삶. 주인 공은 어머니의 부고를 듣고 나서야 그 억척스러운 삶을 돌아 보게 된다. 김애란 작가가 들려주는 가슴 뭉클한 이야기.

하늘은 맑건만

현덕 소설 | 이지연 그림 | 값 8,800원 | ISBN 978-89-364-5877-5

가슴 뜨끔한 거짓말!
푸른 하늘 아래 문기는 고개를 들 수 있을까?

문기는 심부름을 하다가 우연히 많은 돈을 받게 된다. 그 돈 을 수만이와 같이 장난감을 사는 데 써 버린 문기는 곧 죄책 감에 시달리고, 수만이와도 다투게 되는데……. 편치 않은 비밀을 품게 된 문기의 이야기. ★중1 교과서 수록작

뱀파이어 유격수

스콧 니칼슨 소설 | 송경아 옮김 | 노보듀스 그림 | 값 8,800원
ISBN 978-89-364-5878-2

우리 야구팀의 유격수는 뱀파이어!
뱀파이어도 인간과 함께 어울려 살 수 있을까?

계몽된 시대, 사람들은 더 이상 '다름'을 대놓고 차별하거나 멸시하지 못한다. 하지만 치열하게 승부를 겨루는 리틀 야 구 대회에 뛰어난 실력을 갖춘 뱀파이어 유격수가 나타나자 그를 바라보는 사람들의 시선은 곱지 않은데…….

청기와주유소 씨름 기담

정세랑 소설 | 최영훈 그림 | 값 8,800원 | ISBN 978-89-364-5900-0

한밤중에 도깨비와 씨름을?
잃을 것 없는 알바 인생, 이상한 제안을 받아들였다!
열 살이 되기 전부터 뚱뚱했던 소년. 씨름 선수를 그만두고 주유소에서 아르바이트를 하고 있다. 그런데 어느 날 점장님이 기묘한 제안을 해 왔다. 도깨비와 씨름을 해서, 이기라고. 모두의 호기심을 자극하는 유쾌하고 기묘한 소설.

이상한 용손 이야기

곽재식 소설 | 조원희 그림 | 값 8,800원 | ISBN 978-89-364-5901-7

소년의 마음이 일렁이면 비가 내린다
SF 작가 곽재식이 들려주는 사랑스러운 성장 소설
자신이 용의 자손이라는 것을 알게 된 소년. 소풍 가는 날마다 꼬박꼬박 비가 온 것도 사실은 용이 가진 능력 때문이 아닐까? 소년은 자신의 힘을 다스리려 애쓰지만 다짐처럼 쉽지만은 않은데…….

원통 안의 소녀

김초엽 소설 | 근하 그림 | 값 8,800원 | ISBN 978-89-364-5902-4

우리가 함께 산책을 할 수 있을까요?
자유를 꿈꾸는 두 사람, 지유와 노아의 이야기
첨단 나노 기술로 미세 먼지를 정화하는 미래 도시. 하지만 나노 입자에 알레르기를 보이는 지유는 투명한 플라스틱 원통에 갇혀 지내야 한다. 차이와 차별, 그리고 자유를 갈망하는 마음에 관한 아름다운 이야기.

"책 읽기가 점점
재미없어져요."

독서포기자들을 위한 새로운 소설 읽기 프로젝트

소설의 첫 만남

1. 뛰어난 문학 작품을 다채로운 그림과 함께 읽는다

새로운 감성으로 단장한 얇고 아름다운 문고입니다.
긴 글보다는 시각적 이미지에 친숙한 청소년들을 위해
다채로운 삽화를 더해 마치 웹툰처럼 흥미진진하게 읽힙니다.

2. 책과 멀어진 아이들을 위한 책

한 손에 잡히는 책의 크기와 길지 않은 분량 덕분에
그간 책과 멀어졌던 아이들에게 권하기에 적절합니다.

3. 학교 현장의 선생님들이 더욱 기대하고 추천하는 책

'소설의 첫 만남' 시리즈는 학교 현장의 선생님들에게 선공개되어
"이런 책을 기다려 왔다!"라는 뜨거운 기대평을 모았습니다.

4. 더 깊은 독서를 위한 마중물

깊은 샘에서 펌프로 물을 퍼 올리려면 위에서 한 바가지의 마중물을
부어야 합니다. '소설의 첫 만남' 시리즈는 아이들이 다시금
책과 가까워질 수 있도록 마중물 역할을 합니다.

"이런 책을 기다려 왔다!"

★★★★★

학교 현장에서 들려온 뜨거운 찬사
아이들이 먼저 손에 들고 좋아하는 책

"동화책에서 소설로 향하는 가교 역할을 하는 책." 서덕희(경기 광교고 국어 교사)

"우리 학생들이 재미있게 책 읽는 풍경을 기대하며 마음이 설렌다." 신병준(경기 삼괴중 국어교사)

"'소설의 첫 만남' 시리즈는 자신도 모르는 사이에
이야기 속으로 빠져들 수 있도록 재미와 기쁨을 전한다." 최은영(경기 미사강변고 국어교사)

"첫 만남은 언제나 가슴 설레는 일이다.
단편소설을 일러스트와 함께 소개하는 이 시리즈를 통해
책 읽기의 즐거움을 한껏 느낄 수 있기를 바란다." 안찬수(시인, 책읽는사회문화재단 상임이사)

작고 예쁜 문고판 서적이 독자들에게 찾아왔다. 시사인

문제집 내려놓고 소설책 집어 들 때를 위한 책. 연애 꿈 등 청소년의 고민이 담겼다. 부산일보

책 읽기에서 멀어진 청소년들이 우선 독자다. 개성 있는 일러스트가 돋보인다. 경향신문

웹툰처럼 편하게 소설을 읽는다. 경인일보

책을 손에 잡으면 잠부터 쏟아지는 사람을 위한 책.
독서에 익숙하지 않은 사람도 지루할 틈이 없다. 싱글즈

흥미로운 이야기와 매력적인 삽화로 무장했다. 다채롭게 읽힌다. 매일경제

소설의 첫 만남 16-30 활용북

펴낸이/강일우

책임편집/구본슬

디자인/신혜주

펴낸곳/(주)창비

등록/1986년 8월 5일 제85호

주소/경기도 파주시 회동길 184

전화/031-955-3333

팩스/영업 031-955-3399 · 편집 031-955-3400

홈페이지/www.changbi.com

전자우편/ya@changbi.com

* '소설의 첫 만남' 독후활동지는 책씨앗 사이트(www.bookseed.kr)에서
다운로드받을 수 있습니다.

소설의 첫 만남

동화에서 소설로 가는 징검다리
더 깊은 독서를 위한 마중물

마주침 세트

신간

정체성 세트

포용력 세트

창의력 세트

보살핌 세트

창비청소년문학 **28**

구병모 소설 | 석윤이 그림

이야기 따위 없어져 버려라

창비
Changbi Publishers

지은이

구병모

장편소설『위저드 베이커리』로 창비청소년문학상을
수상하며 작품 활동을 시작했습니다.
소설집『고의는 아니지만』『그것이 나만은 아니기를』
『있을 법한 모든 것』, 장편소설『한 스푼의 시간』
『버드 스트라이크』『상아의 문으로』 등이 있습니다.
오늘의작가상, 김유정문학상 등을 받았습니다.

그린이

ZQ

일러스트레이터 겸 만화가입니다.
2019년도부터 웹툰, 출판만화, 일러스트, 전시, 기획 등
다양한 분야에서 디지털 아티스트로 활동하고 있습니다.
최근 일본 아트 기획전「출현화랑」에서
대상을 받았습니다.

design 윤종우

작
가
의
말

구병모

기연미연 속에서 언제까지나.

| 소설의
| 첫 만남 **28**

이야기 따위 없어져 버려라

초판 1쇄 발행 | 2023년 8월 18일
초판 2쇄 발행 | 2023년 8월 25일

지은이 | 구병모
그린이 | ZQ
펴낸이 | 강일우
책임편집 | 김도연
펴낸곳 | (주)창비
등록 | 1986년 8월 5일 제85호
주소 | 10881 경기도 파주시 회동길 184
전화 | 031-955-3333
팩스 | 영업 031-955-3399 편집 031-955-3400
홈페이지 | www.changbi.com
전자우편 | ya@changbi.com

ⓒ 구병모 2023
ISBN 978-89-364-3115-0 44810
ISBN 978-89-364-3114-3 (세트)